EL LABERINTO DE CRETA

Tirso de Molina

PERSONAS QUE HABLEN EN ÉL:

- **El REY de Etiopía**
- **ARIADNA**
- **Un TUDESCO**
- **El MINOTAURO**
- **TESEO**
- **MINOS**
- **DÉDALO**
- **RISEL, gracioso**
- **FILENO**
- **FLORISO**

Sale MINOS por la plaza sobre un carro triunfal detrás de su ejército, y en el tablado gente de recibimiento del modo que se advierte en el papel aparte, y ARIADNA y DÉDALO para recibir a MINOS

ARIADNA: Mil veces triunfes en Creta.
   ¡oh, padre augusto! ¡Oh, monarca!
   ¡Asombro de cuanto abarca
   la luz del mayor planeta!
   Mil veces huelles sujeta
   la redondez que ya tienes
   a tus plantas, pues que vienes
   de aquistar cuanto dilata,
   y otras mil. Dafnes ingrata
   diadema ciña a tus sienes.
    Honren mis labios tus pies.
MINOS: o, Ariadna; no, hija mía,
   que eres alba de mi día
   y celestial tu interés.
   No es bien que los labios des
   a los pies de quien te adora,

si no es que con ellos Flora,
cuando me aprestas laureles,
me aprisione en tus claveles,
grillos ellos, tú su aurora.
    Creta, que en el mar del Ponto
ceñida de su profundo,
es lo mismo que este mundo
para el torpe vicio pronto.
Las veces que me remonto
a ejercitar mis crueldades
en tantas diversidades
y naciones de su esfera,
por ser tu patria me espera
con todas sus cien ciudades.
    Cien metrópolis, presuma
eternizar de edificios
inmortales, pues los vicios
que la habitan son sin suma.
Cuanto la escama y la pluma,
el aire y el agua inquieta,
cuanto el monte se prometa
delicioso, cuanto el valle,
todo he dispuesto que se halle
mejorado en nuestra Creta.
    Aquí nos colma Minerva
el espléndido licor,
que el fuego consumidor
para eterna luz conserva.
Aquí la caza en la hierba,
la sierra sus salvajinas,
y en sus entrañas las minas
de los monarcas metales
hechizo de los mortales
y de la virtud ruinas.
    Aquí, aunque en término angosto,
cuelgan joyeles racimos
de los sarmientos opimos,
oro potable en su mosto.
Aquí pródigo el agosto
golfos de mieses que cría

ondea el viento cada día,
conque airoso el Amor saco,
porque sin Ceres ni Baco
dicen que Venus se enfría.

    Éste es mi reino, éste Creta,
patria de aquellos jayanes,
ya Curetes ya Titanes,
que mi dominio sujeta.
Los que al son de la trompeta
de mi voz inobediente
apenas en el oriente
de sus instantes primeros
desnudaron los aceros
contra el mismo Omnipotente.

    Éstos y yo hemos vencido
cuanto esos golfos abrazan;
en mis deleites se enlazan
cuantos son, serán y han sido.
Mis estampas he esculpido
en los cuellos megarenses,
porque triunfen los cretenses
mientras el alfanje afila
ingrata a su padre Scila
y tiemblan los atenienses.

    Reinaba en Megara Niso,
y en un cabello fatal
fundaba el trono inmortal
que perdió su poco aviso.
En solo un cabello quiso
que su reino eternizase
el hado, y que éste imitase
de la púrpura al color,
el cual, cortado, al rigor
caduco se sujetase.

    Significábase en ello
la vigilancia en la fe,
tan delicada que esté
en lo sutil de un cabello
purpúreo, encendido y bello,
porque la fe, toda llama,

sangre en las aras derrama,
y por su conservación
mil héroes dieron blasón
al martirio y a la fama.
   Scila fue la incontinencia
de Niso, hija y subcesora,
y ésta, al verme, se enamora
de mi hipócrita apariencia,
siendo sirena el delito
que en lo torpe solicito,
y cuando velar le importa,
ella el cabello le corta
y yo la vida le quito.
   Conquistéle el reino luego
y, como el que engaños vende
al paso que sirve ofende,
al mar su perfidia entrego.
Ésta es el escollo ciego
.... [-ombra]
que tanto su golfo asombra,
que en la estrechez siciliana
es de Caribdis hermana
y Scila hasta aquí se nombra.
   Cerqué a Atenas, cuyo estrago,
a pesar de sus escuelas,
dominaron mis cautelas,
temblándome su Areopago
deleites que alisto y pago.
Vencen la filosofía,
cuando en sus fuerzas se fía.
Demóstenes y Solones
besan, con los Salomones,
los pies a mi idolatría.
   Conquistéla, y en tributo
impongo a su rey Egeo,
cuando en su trono me veo,
parias que entristezca el luto.
Cada año en trágico fruto
han de enviarme sorteados
siete mozos destinados

para pasto miserable
del monstruo que, formidable,
vive en sitios intrincados.
   El Minotauro, prodigio
de Pasife y aquel toro
que adulteró mi decoro,
Cerbero del lago Estigio.
Verá apenas el vestigio
de el que el laberinto ignore
cuando, hambriento, le devore;
pues su furor me promete
siete vicios para siete
mancebos que Atenas llore.
   Dédalo fue su inventor,
que es Dédalo el artificio
en que se ofusca el juicio
del lascivo pecador.
No me ofende a mí el error
de Pasife escandaloso,
antes me tiene gustoso,
pues más conmigo merece
aquél que más se entorpece
y llega a ser más vicioso.
   Ésta es, vasallos, la historia
de mi felice jornada.
Grecia queda conquistada;
Minos triunfa de su gloria.
Minos, a quien la memoria
dedique altares divinos,
cuyos lauros peregrinos
en los templos y en las plazas,
si Minos dice amenazas,
celebren eterno a Minos.

Sale un TUDESCO

TUDESCO: Ya que a todos desafías
         y monarca te blasonas,
         Minos, de las tres coronas

que usurpan tus tiranías,
yo, que en las regiones frías
del Boreas postré los cuellos
de sus héroes y sobre ellos
de la aurora y sol trasunto
su nieve y sus rayos junto
en mi cara y mis cabellos;
   mientras al orbe restauro
la libertad que le oprimes,
por más que ese bosque estimes
cárcel de tu Minotauro,
antes que merezca el lauro
que a luchar con él me obliga,
porque mejor le consiga
y ponga fin a tu exceso
.... [-eso]
algún cretense me diga.
DÉDALO: Tudesca es la presunción
de tu traje y tus blasones,
república entre cantones
dividida tu nación.
Mas, porque presto el Grisón,
por ser su soberbia mucha,
hará en sacrílega lucha
a la fe guerra infelice,
yo, que este laberinto hice,
te le he de explicar. Escucha:

   Aquel jirón del mundo
que intitulado Grecia
de fábulas y engaños
dio asunto a los poetas;
aquél que, dividido
en infinitas sectas,
monarca se blasona
de la milicia y letras,
cuya filosofía
de errores tantos llena
a idólatras patriarcas
confusas dio materias,

Metrópoli obedece
a la facunda Atenas,
alcázar de las musas,
asilo de las ciencias,
si bien en opiniones
contrarias y diversas,
filósofos alista,
discípula y maestra.
Allí Sócrates puso
antiguas sus escuelas
que con moralidades
humanos vicios templan;
allí Platón dio fama
y nombre a su Academia,
como el estagirita
de la Naturaleza
misterios averigua
y el cínico desprecia
al Macedón monarca
desde su cuba estrecha.
Allí, en fin, griego Apolo,
hornero al mundo, deja
la fama que eterniza
sus versos y Uliseas,
y el orador süave,
Demóstenes, deleita
dueño de las pasiones
humanas su elocuencia.
En ésta, que es mi patria,
ilustre yo por ella,
mi padre fue el engaño,
mi madre la cautela,
mi nombre el artificio
que en falsas apariencias,
para ofuscar virtudes
blasones sutilezas,
Dédalo me intitulan,
sirviendo de corteza
a mis cavilaciones,
para que más me teman,

este apellido humilde,
si acaso no es que quieran,
porque invente dedales,
que yo Dédalo sea.
De todo lo ingenioso
gané palma y diadema
a cuantos hasta hoy día
sutiles se veneran.
Yo el inventor he sido
del barreno, la sierra,
el cepillo, el taladro,
la plomada y la regla;
y hallé la glutinosa
y siempre útil materia
que junta los divisos
mármoles y maderas;
pues si el licor faltara
que sus cisuras pega,
ni hubiera estatuarios
ni fábricas excelsas.
Yo solo, en vez de plumas,
al leño que navega
le di en alas de lino
el uso de las velas.
Yo, en fin, en simulacros,
para que envidia tengan
los Fidias y Lisipos,
a imágenes de piedra
doy casi ser y vida,
pues hago que se mueran,
cual si hospedaran almas
sus ojos y cabezas.
De suerte la ignorancia
por todo esto me precia,
que altares me dedica
y divo me celebra;
mas como las liciones
socráticas, que enseñan
a moderar costumbres
y la verdad veneran,

conocen mis engaños,
y que la corruptela
de mis cavilaciones
tantos simples despeña,
juntando virtüosos
a muerte me sentencian
si dentro de seis días
no desocupo a Grecia.
Salí, en fin, desterrado,
y a Minos, rey de Creta,
asilo de viciosos,
se acogen mis tristezas.
Hallé en su patrocinio
privanzas y riquezas,
pues siendo él todo engaños,
yo todo estratagemas,
siempre la semejanza
de inclinaciones fieras
haciéndose acogida,
se abrazan y se hospedan.
Era Pasife entonces
esposa y compañera
de Minos, rey tartáreo,
y ella de vicios reina.
Pasife, que es lo mismo
que vil incontinencia,
lascivia desbocada,
frenética torpeza,
de un toro, que de Europa
ser robador pudiera,
o en el abril florido
constelación etérea,
cuya armazón diamante
vio el soto en su palestra
postrar rivales brutos
llevándose la presa
de la consorte vaca.
Amor sin competencia,
aun en los incapaces
se apaga entre tibiezas,

confusos remolinos,
cuello, frente y cabeza
le arrugan, afectando
robusticidad bella.
La piel de dos colores
a manchas blanca y negra,
en los efectos tigre
mejor que en la apariencia.
De este, pues, bruto torpe,
Pasife, amante ciega,
de tal modo se abrasa,
con tal rigor se quema,
que, monstruo de apetitos,
más desatinos ceba,
mirándole lasciva,
que el toro pace hierbas.
La corte por los campos,
intempestiva, deja,
gozosa con su vista,
llorosa con su ausencia;
celos irracionales
el alma la atormentan
deseando transformarse
en la rival juvenca,
tejiéndole guirnaldas
de rosa y madreselva,
a sus vaqueros manda
que le coronen de ellas.
Sonoras campanillas
hace que le suspendan
al pecho, y que le adornen
collares de oro y perlas.
Así se precipita
la humana incontinencia,
ya semejante al hombre,
al bruto y a la bestia.
Desesperaba modos
la adúltera resuelta,
piélago de imposibles,
infierno de impaciencias,

hasta que dos volcanes
la hacen caer enferma,
dentro del alma el uno,
pulsando el otro venas.
Contóme sus congojas,
compadecíme de ellas.
Labré una hermosa vaca,
que fue la copia mesma
de la que el toro busca,
con una capaz puerta
del modo que el caballo
que a Troya dio tragedias.
Degüello, en fin, la viva,
cubriendo la madera
de estotra inanimada,
la piel aún no bien seca,
con propiedad en todo
tan símil a la muerta,
que el poderoso instinto
de la naturaleza
venció en el toro el arte,
pues brama sólo en verla,
maromas despedaza
y encierros atropella.
Entró entonces Pasife,
y de la junta horrenda
de tan bestial consorcio,
el torpe amor engendra
al Minotauro infame
en cuyo cuerpo median
lo irracional y humano,
casi hombre y casi fiera.
Nació el bastardo monstruo,
nació en él la blasfemia
de tantos heresiarcas
contra la fe y la iglesia,
hijo, como este bruto,
del vicio que sin rienda
por ensanchar lascivias
los rayos del sol niegan.

Temblaron los mortales,
porque la voraz bestia
destruye poblaciones,
abrasa cuanto encuentra.
Mandóme entonces Minos
que, de mis agudezas,
se valga el artificio
para que al monstruo prenda,
y yo, por que segura
de él viva nuestra Creta,
un laberinto formo
con infinitas sendas
de calles enlazadas,
de marañosas selvas,
de verdes descaminos
que en medio el bruto de ellas,
por más que a la salida
le buscan leves vueltas,
al paso que más andan
más míseros se enredan.
Aquí los condenados,
sirviéndole de presa,
primero su muerte hallan
que la imposible puerta;
aquí cada año llora
la tributaria Atenas
siete mancebos suyos
que al hambre brutal pechan,
señal de que si el sabio
al vil deleite entrega
la libertad del alma,
inútiles sus ciencias,
padece confusiones
de míseras tinieblas
a manos de aquel monstruo
que el Caos eterno encierra.
Cualquier desesperado
que, por mostrar sus fuerzas,
con este error del mundo
inadvertido se entra

por nuestro Laberinto,
en fe de su soberbia,
sirviéndole de pasto
a muerte se condena;
y ya que tan dichoso
en esto alguno sea
que célebre, le rinda
y tanto se prometa,
puesto que en los mortales
es bárbara quimera
pensar que se halle hazaña
que postre su fiereza,
como en lo marañoso
de tanto árbol y selva
se le imposibilita
la libertad y puerta,
errante por sus lazos,
forzoso es que perezca
en el estéril sitio,
o de hambre o de impaciencia.
Ésta es toda la historia,
tudesco, que deseas
saber, si tu arrogancia
valiente persevera.
Éste es el laberinto,
su entrada mortal ésa.
Su centro habita el monstruo.
Con él venturas prueba,
mas mira lo que haces,
que si una vez te enredas,
muriendo no hay librarte,
por más que te arrepientas.
TUDESCO: Por más que hiperbolices,
por más que me encarezcas
peligros fabulosos
que te ha enseñado Grecia,
no puedes ser bastante
a que prodigios tema
quien viene de Alemania
a hacer su fama eterna.

Mis brazos en la lucha
harán un mármol piezas,
y por tus embarazos
mi espada abrirá sendas.
Ya, por entrar Alcides
por la tartárea cueva,
bostezo todo llamas
de la prisión etérea,
también halló salida,
a su pesar, por ellas.
Alcides soy segundo,
mas, ¿quién mi faena altera?

Tocan un clarín. Sale el REY de Etiopía
sobre un camello, como el papel lo pinta

REY: Apóstata, sacrílego del cielo,
peregrina impresión que tanto subes,
exhalación fantástica, en el suelo
te precipitas más desde las nubes
Faetón, hechura del señor de Delo,
que, amotinando angélicos querubes,
por presumir aleves desatinos
del averno dragón, te llaman Minos.
  Yo, el rey de la Etiopía, que aparente
sólo construyo en montes de la luna,
de donde el Nilo nace en la eminente
pirámide que al sol sirve coluna,
y de sus plumas coronó mi frente
el pájaro prodigio cuya cuna
sepulcro, atrio, sala y parasismo
es Oriente y Ocaso de sí mismo.
  Yo, que al bruto jayán, cuyas espaldas
sirven de pedestal a los castillos,
que bélicos abaten las guirnaldas
de los muros, si llego a combatillos,
y entre rubíes, diamantes y esmeraldas
atesoro el marfil de sus colmillos
y esquivo de sus últimos encierros

a montones la plata, el oro a cerros.
	Yo, en fin, de quien el sol está envidioso
y cada vez que de su carro augusto
rayos fulmina su rigor fogoso,
al ébano vital siempre robusto
trocara, si pudiera, el luminoso
y dorado esplendor por el adusto
color que baja mi abrasada esfera,
porque etíope al sol el mundo hubiera.
	Yo la conquista de tu Creta elijo,
de tu infiel laberinto yo el destrozo;
su infernal Minotauro entre el prolijo,
caos morirá en confuso calabozo.
De Salomón y de Sabá soy hijo;
Jerusalén, en el festivo gozo,
conque asombró a mi madre aquel rey sabio,
tálamo fue de su amoroso agravio.
	A Etiopía ilustró su descendencia,
la ley de su Moisén hemos guardado
hasta que, humana ya la omnipotencia
del verbo Dios, pasible aunque increado,
llegó a nuestra noticia su clemencia
cuando Felipe, apóstol consagrado,
porque mi reino a todos se anticipe,
bautizó en Palestina a otro Felipe.
	Candaces, reina, es la primer cristiana
que merecieron ver los abisinos;
hijo soy suyo y, pues que Dios se humana,
postrara en su fe tus desatinos.
Ya, apóstata precito, la tirana
confusión pereció; ya, infernal Minos,
no han de oprimir los hombres tus venenos;
Minos te llamas, ya has venido a menos.
MINOS:	Oh, prosapia de Cam, de Dios maldita,
aborto de la noche, todo sombra,
del cafre descendiente y trogoldita
indigno que a mis pies sirvas de alfombra,
entra en el laberinto, solicita
la muerte al monstruo, si es que no te asombra
su formidable forma. Entra en las redes,

por que en sus lazos castigado quedes.
REY: Espera, basilisco del infierno,
que no te han de valer tus artificios.
Teseo viene y es monarca eterno
que te arroje a inmortales precipicios.
MINOS: Deleite del amor lascivo y tierno,
engolfadle en la selva de mis vicios.
REY: ¿A él blasfemias? ¡Oh, dragón cobarde!
MINOS: Vendrá Teseo a redimirte tarde.

*Vanse todos y sale RISEL, rústico y
gracioso*

RISEL: Ellos deben de cuidar
que es barro esto de morir.
¡Qué hobiese yo de salir,
entre tantos, a pagar
  al tarascón el tributo,
que esta tierra le promete!
¡Que fuese yo de los siete!
¡Ay, mi rucio! Poneos luto
  de hoy más por vueso Risel,
que ya no vos llevará
arre acá ni arre acullá
al monte ni al alcacel.

Sale FILENO

FILENO: Ánimo, pues que la suerte
te cupo y lo quiere Dios.
RISEL: ¿Tendredes ánimo vos
para el sorbo de la muerte?
  ¡Pardiez que es linda frema
con que animáis mi desmayo!
Diz que un hombre con su sayo,
con su cáscara y su yema
  se mama el diablo novillo,
y tal vez al que le toca

se le cuela por la boca
todo entero hasta el portillo.
FILENO: El Minotauro es voraz.
RISEL: ¿El vino-en-tarros ha nombre?
Y decid, si llega el hombre
y le habla homilde y de paz,
con reverencia y mesura,
¿será tan desacatado
que le coma?
FILENO: Hanle cebado
con toda humana criatura;
lo que de hombre participas
será su manjar y empleo.
RISEL: Yo os voto al sol, si me veo
una vez dentro sus tripas
y el estuémago le escarbo,
que en llegándome a sorber
más le tengo de valer
que seis libras de ruibarbo.
Dejadme entrar allá dentro.
FILENO: Pues ¿has de vivir comido?
RISEL: ¿Por qué no? ¿Vos no heis leído
que saliéndole al encuentro
a un hombre sin más ni más
cuando hueron a arrojarle
se le tragó sin liscarle
la ballena de Juan Bras?
FILENO: Ésa fue una maravilla
que usó Dios con su profeta.
RISEL: Dejad vos que allá me meta
y veredes la rencilla
que el vientre conmigo tien;
Fileno, yo os juro a un canto,
que no han de armar preito tanto
dos suegras y un escribén.
Pero habrando ahora en juicio,
decid, ¿no huera mijor
que el reye, nueso señor,
llevara a ese sacrificio,
sin dar a su corte quejas,

las viejas que en ella están?
¿Para qué diabros serán
buenas, Fileno, las viejas?
    Lleve a un sastre mal ladrón
que en la cruz de su tijera
colgado aplique en la fiera
las tripas para el pendón;
    a un tabernero que imite
al signo Acuario mojado,
porque tragándole aguado
la tarasca le vomite;
    a un mesonero barriga
que venda el gato por liebre
y las sisas del pesebre
mos pague vuelto en boñiga;
    pero ¿a un pobre labrador,
habiendo tantas mujeres?
FILENO: Risel, por tu patria mueres.
RISEL: Moríos vos, consolador.
FILENO: El Laberinto de Creta
nos fuerza a tanta injusticia
como ves.
RISEL: El avaricia
decrépita no se meta
    en hornos que el vino-en-tarros
sin más ni más nos meriende.
FILENO: Ya el mar, que el zafir extiende
por campos de sol bizarros,
    nos ha ofrecido a la vista
de Creta la injusta playa.
RISEL: El Dimuño que allá vaya.
FILENO: Si Teseo la conquista
    y a Minos llega a vencer,
¿de qué es tu necio temor?
RISEL: De vino-en-tarros, señor,
que a ser vino de beber
    no temiera los desgarros
de su selva y laberinto;
más leche, y no branco y tinto,
es lo que se bebe en tarros;

vino-en-tarros y avaricia
decrépita es quien me aprieta.
FILENO: Del Laberinto de Creta
destrozará la malicia.

Dentro

VOCES: ¡Tierra! ¡Tierra!
TESEO: Echa el batel.
RISEL: Tierra dicen, hoy me entierran
si en vino-en-tarros me encierran.
FILENO: Ánimo, y adiós, Risel.
RISEL: Luego ¿a Atenas os tornáis?
FILENO: Aguárdanme sus vecinos.
RISEL: ¿Y en poder de tarros vinos
sin más cuita me dejáis,
sin más arte ni más parte?
FILENO: Dispónelo el hado ansí.
¿Qué quieres que haga por ti?
RISEL: El que le deis de mi parte
al mi rucio aqueste abrazo,
al mi caro compañero.
FILENO: ¿A un jumento? ¡Anda, grosero!
RISEL: Diréisle que llegó el prazo
del su Risel, ¡ah, mezquino!

Llorando

pero si una vez me escurro...
FILENO: ¿Estás loco?
RISEL: Estoy sin burro,
que es peor.
FILENO: ¡Qué desatino!
RISEL: Como no le heis conocido
no lloráis cual yo le lloro,
que era como un pino de oro;
jumento más entendido
no le tuvo Grecia.

21/43

FILENO: Acaba.
RISEL: ¿Cuidas que miento? Decían
              que las burras le entendían
              cuantas veces rebuznaba,
                 pues la vez que caminaba
              tan cuerdo hué de día en día,
              que siempre en todo caía
              o al de menos trompicaba.
                 Pues ¿sofrido? No hube her,
              por más palos que le diese,
              que se enojase o corriese,
              que él nunca supo correr;
                 pues si acaso algún rocín
              le guizgaba de repente,
              le asentaba entre la frente
              las virillas del chapín.
                 Estas gracias y más tien,
              que es mi rucio sin segundo.
              Decid que vo allotro mundo
              y que haga por mi alma bien;
                 que para que me conorte,
              cuando al infierno me parta,
              le enviaré de allá una carta
              con un celemin de porte;
                 que en mi lugar quedáis vos,
              y que os lleve por los barros,
              y que, en fin, del vino-en-tarros
              le libre el cielo, y adiós.

                         Dentro

TESEO: ¡Alto! A tierra, mis soldados.
FILENO: No temas, que este es Teseo,
              y ya triunfante le veo
              de los bosques intrincados.
RISEL: Al mi rucio--¡hao!--lo primero
              y que de él me acordaré
              cuando en la caldera esté
              del señor Pero Botero.

ARIADNA: Isla, que en tanto destierro
          prendes a tus naturales
          y con grillos de cristales
          sabes suplir los de hierro;
            de deleites infinitos
          abundas que nos enlacen,
          mas--¡ay!--que no satisfacen
          del todo los apetitos;
            experiencia de ellos hago
          y advierto en su desazón
          lo amargo en la posesión
          y en el hambre el empalago.
            ¿Qué importa que diferentes
          conviden a la ignorancia
          si les falta la sustancia
          y todos son aparentes?
            Minos, tirano, me nombra
          hija suya, y soy su esclava.
          Dichosa yo cuando andaba
          gozando de en sombra en sombra
            los amorosos sesteos
          de las fuentes y los prados,
          sin pensiones de cuidados,
          sin asaltos de deseos,
            que la presunción humana
          remite a la vanidad.
          Mi nombre era voluntad,
          sin ella soy Ariadna.
            En esta prisión prolija
          quiere el tirano que sea,
          porque crüel me posea,
          al tiempo que esclava su hija.
            Apoderóse de mí,
          y soy en mi adversidad
          voluntad sin voluntad,
          pues vivo sin ella aquí.

FLORISO: Si, inquietando soledades
              aumentas, señora mía,
              tus tristezas de día en día
              y ansias a penas añades,
                 ¿qué esperas mientras que llora
              prisiones tu adversidad
              sino que en tu tierna edad
              juntes tu ocaso a tu aurora?
                 Pues lo crees y al sol deseas,
              que humanando resplandores
              facilite tus amores
              y a la sombra su luz veas,
                 durmiendo a la protección
              de ese olmo alivian congojas,
              huecos que adulan las hojas
              de sus llamas pabellón.
                 Yo le aceché que salía
              de la embarcación cansado
              Narciso, que enamorado
              se miró a esa fuente fría
                 donde los rubios cabellos
              sus cristales perfilaban
              y aquí sólo le dejaban
              sus siervos, porque sin ellos
                 templase a la sed la calma,
              y cuando al agua llegó
              los labios, luego la halló
              en dos búcaros con alma;
                 al besarlos se reía
              la fuente que los copiaba,
              y como el rostro bañaba,
              juzgué que el sol se ponía,
                 porque empezó a oscurecerse
              la comarcana región,
              que no hay mucha distinción
              entre el dormirse y ponerse.

Juzga, si en sueños abrasa
y a cierra ojos da la muerte,
qué ha de hacer cuando despierte,
que yo doy la vuelta a casa.

Vase FLORISO

ARIADNA: ¡Qué poco lo encareciste
en comparación tan baja!
Concédale la ventaja
el que de oro cumbres viste.
¡Ay, cielos! En él asiste
no sé qué oculta deidad
con toda la actividad
que obstenta naturaleza.
Océano es de belleza
que se atreve a inmensidad.
   Más es que amor el que admito
y el que adorarle me induce,
que éste limpiezas produce
y el otro engendra apetito.
Abrásome sin delito
y al paso que más le veo
más honesta me recreo.
¿Qué será, si no es amor,
un ardor que sin ardor
es deseo sin deseo?
   Átomos de aljófar suda
y en rayos que al viento extiende
sol de sí mismo se enciende.
¡Ay Dios! Si abrasarse duda,
compasión, démosle ayuda,
no nos usurpen las flores
en tan pródigos favores

dichas que dan al verterlas.
.... [-erlas]
.... [-ores].

Llega a enjugarle con un lienzo el sudor, y TESEO
despierta

TESEO: ¡Oh selvas que de engañar
ponéis escuela al fingir,
que avaras sois al cumplir,
qué pródigas al pintar!

Ve a ARIADNA, levántase y cógela las
manos

¡Ay, cielos! si esto es soñar,
nunca el Amor me despierte.
ARIADNA: No me toques, si perderte
no intentas, joven hermoso,
que cuanto más presuroso
más te acercas a la muerte.
  Cuanto ves en mí es engaño,
hechizos cuanto en mí admiras,
un monstruo soy de mentiras,
áspid que en flor cubre el daño.
Huye, peregrino extraño,
Circe que entre esta aspereza
vendiendo falsa belleza
son las frutas de Segor,
dentro ceniza y horror
y hermosas en la corteza.
TESEO: Dices, Ariadna, verdad.
Si yo no te conociera,
si limpio mi amor no fuera,
huyera de tu beldad.
¡Ay, humana voluntad!
¿Qué bárbaro desvarío
del conocimiento mío

te aparta? Hízote señora
la Omnipotencia criadora
de ti mesma y tu albedrío.
    Rindióte la torpe llama
al basilisco de Creta,
que esclava vil te sujeta
cuando hija suya te llama.
La ponzoña que derrrama
su tiranía infernal
te tiene, mi Ariadna, tal,
y tal mis ojos te ven,
que te hallas mal con el bien
y juzgas por bien el mal.
    Desde el trono regio y sumo
de mi padre descendí,
Ariadna ingrata, por ti,
y en tus brazos me consumo;
dejas la luz por el humo,
por la infructífera arena
la estación de el cielo amena,
delicias de él cornucopia,
y siendo voluntad propia,
voluntad te hiciste ajena.

ARIADNA: ¡Ay, gozo del pesar mío!
            Redímame tu eficacia.

TESEO: Omnipotente es mi gracia;
            dame tu libre albedrío,
            que de uno y otro confío
            efecto tan singular
            que al monstruo puede postrar;
            pero, aunque hombre y Dios nací,
            quien te redimió sin ti,
            sin ti no te ha de salvar.

ARIADNA: Eso la fe lo celebra;
            tenme por tuya desde hoy,
            mi libre albedrío te doy,
            hilo es que el pecado quiebra.

Dale un ovillo de cordones de seda en-
carnada

Pero en tus manos la hebra
de aqueste ovillo indistinto
en tu amante sangre tinto,
aunque al Minotauro encuentres,
nos sabrá librar cuando entres
de su mortal laberinto.
    Cada uno por mitad corte
esta araña en los dos,
tú la gracia, que eres Dios,
yo mi libre voluntad.
Temo la hambrienta impiedad
de Minos, dragón crüel.
Ata al confuso vergel
ése y lo que siendo así
no te librará él a ti,
tú sí a mí, por ti y por él.

Vanse. Salen MINOS, DÉDALO y otros

MINOS: ¿Nave en la plaza de guerra
    y en sus peñas no se ha roto?
DÉDALO: Afirman que es su piloto
    Teseo y que ya está en tierra;
      y si es él ya Creta sabe
    que le tiembla y reconoce
    Neptuno.
MINOS: Traerá a los doce
    Argonautas en la nave
      de la iglesia.
DÉDALO: Su gobierno
    huracanes atropella,
    sin prevalecer contra ella
    las puertas del mismo infierno.
MINOS: Habiendo yo atravesado
    tanto escollo en el camino,
    tanto del monstruo marino
    que ninguno se ha escapado

desde el primer navegante
ni ha de escaparse el postrero,
¿cómo de su golfo fiero
sin romperse naufragante
una nave tiene audacia
de surcar su mar remoto?
DÉDALO: Excepcionóla el piloto
y preservóla la gracia.
MINOS: ¿Cuándo?
DÉDALO: En el primero instante
que comenzó a navegar,
y afirman que ha de quebrar
con la quilla de diamante
la cabeza a la serpiente,
creyendo salirla al paso,
para eclipsar con su ocaso
la luz de su puro oriente.
MINOS: Pues ¿por qué, si se cortó
la materia de esa nave
de aquel tronco y árbol grave
que la culpa corrompió,
de los naufragios de Adán
no ha de tocarla ni una ola?
DÉDALO: Porque es nave única y sola
que de lejos nos trae pan
que de Ángeles se intitula,
y con dos naturalezas,
entre cándidas cortezas,
es Dios, y hombre la medula.

Sale TESEO

Pero--¡cielos!--el que veo,
¿no es el mismo de quien doy
noticia?

MINOS: ¡Temblando estoy!
¿Hombre o Dios eres, Teseo?
TESEO: No eres digno tú, tirano,

de que yo quién soy te diga;
bien sé lo que te fatiga
saber, si soy puro humano
  o aquel amoroso enjerto
de quien tiembla tu poder
y te ha de desvanecer
tres veces en el desierto.

  Desvela tus confusiones,
busca entre la densidad
de tu ciega obscuridad
para uno y otro razones,
  serás de ti mismo guerra.
Cuando amor nacer me vió
todo el cielo me cantó,
"¡Gloria a Dios, paz a la tierra!"
  Di que Dios soy según esto.
De un portal la choza baja
trigo me escondió entre paja
al hielo y la nieve expuesto.

  Di, pues, que el que en tanta injuria
nace, tiembla, gime y llora,
no es Dios, porque a Dios ignora
la miseria y la penuria.

  Tres reyes me pagan censo
postrados en el portal
por Dios, por hombre y mortal,
con oro, mirra e incienso;
  conjetura de estas parias
lo que soy, mas no podrás,
que hasta en ellas hallarás
razones también contrarias.

  Porque si el incienso y oro
por rey y Dios me pronuncia,
mortal la mirra me anuncia,
y juzgarás a desdoro
  que un Dios muera y necesite
de mirra que le preserve
y incorrupto le conserve,
pues la razón no lo admite.

  La sangre ofreció al cuchillo

de la ley mi amante llama,
y quien su sangre derrama
no es Dios, sino hombre sencillo.
    Más dudará tu temor
de que Salvador me nombre,
porque sin ser Dios un hombre,
¿cómo será salvador?
    De Herodes, rey idumeo,
que a la inocencia destruye,
huyendo salí, y quien huye,
ni aun de hombre merece empleo;
    mas ¿cómo Herodes crüel,
belicoso y arrogante,
tembló de un desnudo infante
si no halló deidad en él?
    ¿Cómo hambriento si es divino?
¿Quién habrá que hombre le crea,
si en Canán de Galilea
el agua transforma en vino?
    Entre estas ambigüedades
y otras como ellas te ofuscas,
mientras, ciego, atento buscas
la luz por obscuridades.
    Atorméntate, homicida,
verdugo tú de ti mismo,
torpe, errante en el abismo
de mi misteriosa vida,
    que enigma tuya he de ser
porque te aflija y asombre,
ya juzgándome puro hombre,
ya Dios de inmenso poder,
    mientras el mundo restauro,
que ya por ti es calabozo,
tu laberinto destrozo
y postro a tu Minotauro.

Vase

MINOS: Seguidle, vasallos míos,

que un reino no admite a dos;
ya sea hombre, ya sea Dios,
pruebe mis rabiosos bríos,
   que, pues a su ser me igualo,
si al monstruo llega a vencer,
yo sabré hacerle poner
a la vergüenza en un palo.

Vanse. Sale RISEL, temblando

RISEL: Los dimuños inventaron
tantas calles y revueltas,
rodeos y encrocijadas,
atajos, ramblas y sendas.
Zampáronme dentro el bosque,
y en acuita de la puerta,
sin topar con su salida,
he andado más de tres leguas
como jumento de noria,
y después que ell hombre piensa
que acaba con la espesura,
cátale en el medio de ella.
¡Válgate el diabro por trampa!
Devanadme esta madeja;
al retortero el joicio
y *atili vobis la cuenda.*
Lo mismo heime aquí entrado
que mandarme que me metan
en medio de un guardainfante
o de unas calzas tudescas;
pues si ell hombre tiene sed,
decid que hay fuente o alberca,
ni aun charco en que se remoje.
Ello, si habramos de veras,
bella zahorí soy de agua,
que pues siempre la despeñan
desde las nubes abajo,
no debe de ser por buena.
Pero ¿qué ha de her un pobre

huérfano de las tabernas,
si llamando a un cuero, mama,
en vez de un pezón encuentra
un cabrozo o cabrahigo,
o los brindis de ell arena,
que es lo mismo que topar
con los pechos de una dueña?
Pues para matar ell hambre
entrar y hallaréis la mesa
en cada árbol que os convide
con frutas verdes o secas.
Bercebú lleve el piñón,
dátil, bellota, ciruela,
zarzamora, escaramujo,
que he vido en toda la selva,
que por más que haya espulgado
nísperos, castaños, serbas,
no me depare el dimoño
ni aun legumbres con ser huerta.
A la hé, que si encerraran
a don Adán y doña Eva
aquí en vez del Paraíso,
que nunca doña Culebra
se topara tan a mano
la barbirrubia camuesa,
y que, mal que les pesara,
ayunaran mil cuaresmas.

    *Sale el **MINOTAURO**, como se dirá en el
papel*

¡Ay de mí, desmamparado!
Mas hétele dónde llega
el vino-en-tarros pantasma.
¡San Sansón, Santa Belerma,
San Escápame de aquí!
¡San Sastre! ¿qué has dicho lengua?
Pídele al cielo perdón,
que sastre y santo es blasfemia.

De hombre tiene la fachada
y de toro la zaguera;
el dimuño que pintase
dos feguras tan diversas.
De hueso trae los bigotes,
alquiladle la madera
para saleros de bodas,
que no os faltará pimienta.
Llamas por ellos vomita,
y hué boba empertinencía,
que toda armazón ganchosa
del modo que injuria quema.
Estas matas me agazapen.
¡Vióme! Rematamos cuentas.
La cara hacia mí emberrincha.
Transfórmeme Dios en suegra,
que en peligros semejantes,
por lo rezongoña y vieja,
huirá de su vista un toro
sin que el diablo la acometa.
¡Jesucristo, y cómo escarba!

Escarba

Yo jamás, señora bestia,
habré mal del vino-en-tarros

De rodillas

ni contra su monstruencia
dije chas ni mus jamás.
Ansí, si es que tiene llenas
de limpio trigo los silos
de ambos vinos la bodega,
chero decir branco y tinto,
en catorce años no llueva,
porque no se mos ahorque,
y a gusto suyo lo venda.

Ansí no acierte a su casa
la ejecución en las deudas,
el huego de las vecinas,
ni en sus sembrados la piedra
que en otros se desayune;
porque si una vez me almuerza,
y no le echan veinte gaitas,
soy de sustancia indigesta.
Zámpese un médico a mula,
comeráse en una pieza
treinta hespitales de viudas
en virtud de sus recetas.
Cómase a un pesquisidor,
pero a este triste no--¡ahuera!--
que no le dejará entrañas,
porque a todos mos las lleva.

Acométele y huye por el tablado, y luego anda alrededor de un árbol que ha de haber, y el monstruo tras él dando golpes en el tronco

¡Ay, que acomete a ojalarme!
Esta encina me defienda.
¡Zape, ahí me las den todas!
¡Andarlo a la retortera!
Veremos, pues, si jugamos
los dos la gallina ciega,
cuál, andando a la tahona,
de los dos sabe más tretas.

Dentro

FLORISO: Aquí, Teseo divino,
el Minotauro se encierra;
redímannos tus hazañas
de tan formidable fiera.

Vase el MINOTAURO

RISEL: Ancia allá las patas guía.
            Vaya muy enhorabuena
            y ciégale Sant Antón
            la vez que por acá vuelva.
            Mucho sudo, y no es almizcle.

Sale FLORISO

FLORISO: Hoy el mundo se remedia.
                  ¿Quién eres?
RISEL: ¿Quién lo pescuda?
FLORISO: La esperanza.
RISEL: Tarde llega,
            que ya yo he desesperado;
            vuesasté se harte de hierba,
            pues es verde la esperanza
            y serálo de las bestias.
FLORISO: ¿Qué temes?
RISEL: Ya está temido.
FLORISO: Del laberinto de Creta
            saldrás hoy.
RISEL: Pues ¿por dó salen
            dell avaricia discreta?
FLORISO: Triunfará del Minotauro
            nuestro Teseo.
RISEL: No creiga
            que cuando le despachare
            que a mí sus dichas me quepan.
FLORISO: ¿Por qué?
RISEL: Porque, pues, jamás
            las buenas suertes me aciertan.
FLORISO: ¿Qué dices?
RISEL: Las letanías.
FLORISO: Ponte a mi lado, no temas.
RISEL: ¿Si se hallare en todo ell orbe
            quien más desdichado sea
            que yo?

FLORISO: ¿Tiemblas?
RISEL: Tiemblo y sudo.
          Olerásme si te acercas.
          ¿Quieres ver cuán venturoso
          soy? Pues escucha. Una siesta
          soñaba que me había hallado
          un bolsón y dos talegas
          de doblones de a dos caras,
          tendidos sobre una mesa,
          y cuando empiezo a contarlos,
          al instante me despiertan,
          dejándome de la galla
          sin permitirme siquiera
          que entre sueños recrease
          mis sentidos con su cuenta.
          Soñé otra vez que me daban,
          sacándome a la vergüenza
          por las calles de mi villa,
          cuatrocientos de la penca.
          Iba yo, carivinagre,
          llorado de verduleras
          entre escribas y envarados,
          las espaldas berengenas,
          y a cada "esta es la josticia"
          me pespuntaba el gurrea
          los ribetes, cuatro a cuatro,
          cual le dé Dios la manteca.
          Consideren, pues, qué tal
          iría mi reverencia
          que--¡vive Dios!--que escocían
          como si huesen de veras;
          pues fué mi ventura tal,
          para que envidia me tengas,
          que hasta el último pencazo
          no desperté; de manera
          que cuando sueño doblones,
          al primero me recuerdan,
          y cuando azotes, me obligan
          que hasta el cuatrocientos duerma.
          ¿Hay bestia más desdichada?

Sale TESEO luchando con el monstruo

TESEO: No hay al poder resistencia
de mi brazo, que es divino.
Monstruo torpe, las cavernas
infernales te sepulten.

*Cae el MINOTAURO, húndese y salen llamas, y
éntrase TESEO*

FLORISO: Victoria, amorosa iglesia;
entonadle epitalamios
mientras al tálamo llega
teñidas las vestiduras
de la sangre que en la guerra,
por redimir vuestros hijos,
derramaron dichas muestras.

Sale TESEO y todos los que pudieren

TESEO: Emprended fuego, mis fieles,
a ese laberinto y selva
de deleites y lascivias,
de errores y de blasfemias.
Mi fe sea inquisidora,
pues a los herejes quema,
esparza el viento cenizas
que contaminan la tierra,
y seguidme adonde todos,
en delicias siempre amenas,
mis triunfos gocéis conmigo.
FLORISO: ¡Viva edades sempiternas
Teseo, nuestro monarca!
RISEL: Viva, y siéntese a la diestra
por los siglos de los siglos
de su misma omnipotencia.

FLORISO: ¿Qué juzgas de esta victoria?
RISEL: Que parece que la sueñan
          los temblores que aún me duran,
          que si me llamó mi aldea
          el recelo hasta este punto,
          ya es bien que aquel nombre pierda
          y el regocijo me llamen,
          pues me hace el alma gambetas.

Tocan dentro

FLORISO: Oye, pues, de sus victorias
          la música sacra y regia.
RISEL: ¿Qué son éstas?
FLORISO: Chirimías.
RISEL: Pues ¿porqué no chirinuesas?
FLORISO: Porque son de la esperanza
          cuando a posesiones llega.

*Aparece TESEO en lo alto y el altar y cordero como se
dice en el papel*

TESEO: Carísimos alumnos del bautismo
          que en púrpura y cristal de mi costado
          ve engendrados quedáis conmigo mismo
          unidos al amor que os ha enlazado,
          del laberinto vil del torpe abismo
          a costa de mi sangre os he librado.
          Oíd de mis fierezas el empleo,
          por que sepáis quién es vuestro Teseo.

          Rey de Atenas intitulan
          a mi padre, Dios inmenso,

porque en Atenas reinaron
las ciencias del universo.
Y como soy de mi padre
la eterna sapiencia, el verbo,
y el acto de intelección
que de su mente procedo,
a Atenas me dan por patria,
esto es al entendimiento
que de la sabiduría
es potencia y es sujeto.
Teseo tengo por nombre,
que si en Grecia Dios y *theos*
es lo mismo sincopado,
ser *theos* lo que Theseo.
Que Egeo se llama afirman
a quien mi humano ser debo,
pues que *egere* es el ser pobre,
y yo de pobre me precio.
Después que a ser hombre vine,
y lo fui con tanto extremo
que, las fieras en los montes
conocen su alojamiento,
los pájaros en sus nidos
y el hijo del hombre, siendo
de la Omnipotencia hijo,
no tuvo dónde en el suelo
la cabeza reclinase,
porque el ser pobre apetezco.
La rebelde Sinagoga,
que de madre se me ha vuelto
madrastra y supersticiosa
Medea es de encantamentos,
ingrata me ha perseguido,
como dirá el menosprecio
que hicieron de mi doctrina
escribas y fariseos.
La envidia de mis hazañas
fue el mortífero veneno
que provocó sus crueldades
y consultó mis tormentos.

Debelé las Amazonas,
los vicios, digo, superbos,
estériles de virtudes,
pues que con no más de un pecho
sólo las torpezas crían.
Di muerte al tirano fiero
de Tebas, quiero decir
al príncipe del Averno.
Eché del mar los piratas,
del mundo los bandoleros,
de las cortes los engaños,
los monstruos de los desiertos,
de Creta al dragón intruso,
de su enmarañado enredo
al lascivo Minotauro;
bajé triunfante al infierno,
y sus puertas desquiciando,
los predestinados presos
saqué y dejé a los precitos,
porque allí *nulla est redemptio*.
Si refieren las historias
que a Ariadna menosprecio
y con Fedra me desposo,
sabed, fieles, que es lo mesmo
que haber dado de repudio
el merecido libelo
a la Sinagoga ingrata,
que fue mi esposa primero,
por vuestra gentilidad,
que es pasarse el Evangelio
al lado diestro, dejando
como rebelde al siniestro
en mi sacrosanta misa
monarca de mis misterios.
Agora, pues, que arruinado
el marañoso embeleco,
del monstruo infernal hospicio,
la libertad os he vuelto,
gozad, regalados míos,
los bosques verdes y amenos

de mi jardín delicioso,
de mis floridos recreos.
En vez del vil Minotauro,
la mansedumbre os ofrezco,
que os sustente y que dé vida,
de este cándido cordero.
Desde el origen del mundo
os dice Juan que está muerto,
aunque para daros vida
resucitó al día tercero;
mas como se hace memoria
en el altar incruento
de mi triunfante pasión,
vivo en la verdad y efecto
y en la apariencia difunto;
entre accidentales velos
os convido a tres sustancias:
divinidad, alma y cuerpo.
Tendréisme hasta el fin del mundo
tan continuo, tan perpetuo,
que desde ahora me llame
la fe *juge sacramentum*.
Comeréisme cada día,
mas no como el alimento
que se convierte en sustancia
del que le come perdiendo
el ser que hasta entonces tuvo,
que aquí, con modo diverso,
el que come se transforma
en el manjar, adquiriendo
casi el ser del que es comido,
porque amor invencionero
con finezas jamás vistas
es pródigo y todo excesos.
Negaréme a los sentidos,
las almas conmigo uniendo,
juntando a la posesión
la esperanza y los deseos,
porque con modo admirable
presente y ausente a un tiempo,

por lo ausente deis suspiros
y por lo presente afectos.
No viéndoos os medrará
vuestra fe merecimientos
y gozándome comido
aliviaréis los destierros
de esta peregrinación,
hasta que, con dulce vuelo,
poseáis tronos augustos
en las sillas de mi reino.

FIN DEL AUTO